사랑의 의미

'사랑시' 선집을 낸다고 하니 감회가 각별하다.

예전에는 마음이 닫혀 진정한 의미로서의 사랑을 품어보지 못한 까닭인지 '사랑'이란 어휘부터가 쑥스럽고 부끄러웠다. 아마도 그것이 지닌 신비함이나 경이로움을 미처 알지 못했기 때문이 아닐지.

그러나 이 나이가 되고 보니 '사랑'이란 단어가 새삼스레 따뜻하고 너그러운 느낌으로 다가온다. 진정한 의미로서의 사랑을 조금은 알 듯도 해서일까.

이제 남은 삶은 보다 열린 마음으로 살아가고 싶다.

佑堂 김 지 향

1 사랑 만들기

오뉘나무 두 그루 2

3 사랑 그 낡지 않은 이름에게

그 곳에 가고 싶을 때 4

우리 믿음은 바로 사랑이므로 쓰러진 갈꽃은 기쁨이란 이름으로 일어나고 일어나고 또 일어나 이 가을 갈밭은 넘치는 사랑의 강이 되어 펄럭인다

「사랑 만들기 · 24」 중에서

1

사랑 만들기

벗겨지는 이 가을

뜨거움을 벗겨 버리면
앓는 가슴이 환히 보인다
이 가을
창문 앞에 내려앉는 게
무얼까
똑똑히 새나는 타는 냄새야
눈을 감는다
군데 군데 벗겨져 얼룩진
내 눈 속 풍경
또 한 군데의 잎이 벗겨진다
사랑에서 손뼉치는 소리
아픔이 하나 더 보태지는 소리
창문 앞 당신의 눈 밑에도
잎은 벗겨져 불을 붙여라
이 가을엔
안 타고
닫힌 사랑의 돌문 속을
흘러들 수 없으니.

사랑 만들기 · 3

나무가 날마다
칼을 갑니다
칼은 끝이 날카로와야 칼이지만
나무가 가는 칼은 끝이 뭉툭합니다
뭉툭한 칼을 만들기 위해
30년의 세월을
배로 숨을 쉬었습니다
배에 모인 숨은 가장 견고한
연장을 만들므로
가장 견고한 연장은
뭉툭한 칼끝이므로
뭉툭한 칼끝은 바람을 베므로
뭉툭한 칼에 베인
두 쪽난 바람은
또 다시 하나가 되므로
다시 또 하나가 되는 건
사랑이므로

그대여
사랑 만들기에 참가한 그대

날카로운 칼끝을 감추고
뭉툭한 날을 빚어보아라
비로소 사랑의 참맛을 알리라
사랑이 사랑이
가슴에서 은방울을 굴리리라

나머지는 후렴으로
되풀이하면 될 일

사랑 만들기 · 4

타버린 잿더미도 버리지 않음
잿더미에서 타는 불은
마지막 움직임의 뒤꼭지가
드러나 보임
타버린 잿더미의 불은
가장 절절한 울음을 건너서
다음 삶의 예고편을 보여줌
나는 잿더미를 버리지 않음

내다버린 잿더미 속에서
삶의 찌꺼기를 거르는 불꽃을 보는가
내다버린 잿더미 속에서
집약된 생애의 이력서를 보는가
내다버린 잿더미 속에서
서로 찾는 목소리의 떨림을 듣는가
내다버린 잿더미 속에서
보다 순결한 피톨 구르는
물방울 소리를 듣는가

그대
잿더미의 아우성은 가슴 전체를 연다

허기 속을 헤매며
자기의 허기도 못 보는 눈
날로 날카로와만 가는 눈
잿더미의 진실을 빠뜨리고
시간의 끝짬만 보는 눈
그대
뜨고 있어도 잠든 눈이여
내다버린 잿더미 밑에
숨어있는 사랑을 찾아보라
그대 눈 그대 손이
우리와 영원히 아름답게
포개짐을 알리라

사랑 만들기 · 5

마침표를 찍고
돌아설 때에야
흔들리는 마음
마음의 지시로
입을 잠근 열쇠를
강물에 던져 넣은 뒤에야
떠오르는 말
말의 지시로
기억의 문을 닫아 건 뒤에야
「나 여기 있어」
손을 쳐들고
생략된 부호처럼
나서는 눈
참 부신 빛살로 떠오르는 눈
마음의 밑바닥에서
강물의 밑바닥에서
기억의 밑바닥에서
흙 위에 담장 위에
거리에 빌딩 꼭지에

허공 속에 시간 속에
돋아있다 원망처럼
내 혼이 닿는 곳마다
잘못 찍은 마침표를
허무는 몸짓으로
빗물로 떠서 출렁이는 눈
그림으로 박혀서 초롱이는 눈
불길로 치솟아 타오르는 눈
눈을 덮어버릴 강철 보자기가 없는
나는 불혹의 세월을 거슬러 올라가
만날 수 밖에
너 불치의 병
사랑아

사랑 만들기 · 6

잃어버린 푸른 빛 한 오라기
건져 내려고
이미 빛을 삼켜버린
가슴을 두들기며
찾아도 찾아도 모자라는
땅의 넓이만큼
넓은 가슴 어디서
솟구쳐올 약속도 없는
사랑 하나 기다려
24시간 전체를
기다림이 되어
흔들리는 첨단적 세상
모퉁이에 나뒹구는 뜨거운 햇빛을
지워버린 차거운 눈이 되어
사랑을 그 신선한 빛을
찾아서
두근거리며 나는
오늘도 가슴을 밀고 나올 감동의
그 트럼펫을 지켜본다

사랑 만들기 · 10

뚝 뚝 뚝
눈물 흘리는 꽃잎은
아픔을 모른다
아픔 속에서
아픔을 먹고 자랐으니까
눈물 속에
꽃이 봉오리 하나 맺는다
눈물 속에 태어난 봉오리는
자기가 눈물인줄 알 때
조금씩 자기를 잃어버린다
꽃의 깊이를 재보면
한 치도 채 안 되니까
한 치도 안 되는 꽃의 깊이에서
눈물은 끝도 없이 새나니까
그러므로 오늘도
뚝 뚝 뚝
뼈 속으로 떨구는 꽃의 눈물 방울
사랑

사랑 만들기 · 11

오늘은 먼지밭을 간다

먼지와 내가
일행으로 포개지며
도심지 모퉁이에서
흐르는 바람으로 없어지고
눈빛도 없어지고

없어짐은
먼지뿐 아니고
나무뿐 아니고
나뿐 아니고

맑은 바람이 하늘 가에서
새나와도
먼지와 섞여 버리므로
바람의 얼굴도 없어지고
나는 섞임에 길들여져
먼지에 길들여져

그게 먼지인 줄 모르고
먼지 속에선
먼지빛 꽃이 피므로
먼지 시대의 사랑은
먼지빛이므로

사랑이 만들어져
웃음을 펄럭이고 있어도
나는 그게 사랑인 줄 모른다
사랑에 섞여 사랑인 줄 모른다

사랑 만들기 · 18

아직은 꽃빛의 목소리로 부른다
사랑
부르고 불러도 바래지 않은 이름
사랑
부르고 부르면 피가 되는 이름
사랑

어느해
흰 벌판 한 모퉁이
혼자 푸른 포플러 가지 끝
높이 높이 걸어놓고
아직도 찾아오지 않은 이름

시간이 벌판 모서리를 베어 먹은
오늘에야
잊어버린 발자국을 짚으며
찾으러 가는 목소리

포플러는 오늘 외롭지 않아
사랑 몸 전체를

두부모 자르듯 잘라 팔았어
주소도 받지 않고 팔아 버렸어

아, 피 흘리는 내 목소리여
속임수 쓰는 저 포플러
성큼성큼 가지에서 내려와
마주 오는건 메아리
맨발로 쪼르륵
내 목에 감기는 메아리여

아직은 꽃빛 목소리로
다시 시작할 밖에

사랑 만들기 · 19

날은 저물고
구름도 안개도 어둠에 잠길 때
우리집 등넝쿨엔
얼굴도 안보이는 가을이 걸린다

낮보다 긴 밤이 지는 새벽
너는 벌써 발소리도 없이
내 창문을 밀지만
새벽은 참 짧아
다시 또 날은 새고 날은 저물고
기계보다 빨리 달려가는
이 시대

너와 어울려
이력서를 써 내려갈 시간은 없어
밤에만 살을 벗어 놓고
영혼 홀로 빠져나가
밤새 헤맸지

사랑아
너는 그때 어디 있었니
사랑도 어둠에 갇혀 안 보이는
이 시대
저문 날 눈이 혼자
세상 문을 열고 나와
무한공간 네 뒤를 따라가
참말 참말
사랑을 청소할
바로 그때를 기다려
너는 나와
숨바꼭질을 하니
날은 저물고
구름도 안개도 어둠에 감길 때
우리집 창문엔
어둠에 젖어 안 보이는.
사랑 그림자만 걸리고

사랑 만들기 · 24

갈꽃이 서걱이는 갈밭이다

앞섶에 찬물을 뿌리는
가을 바람을 가르며
꼿꼿이 돌아서 간 그대
차가운 발이
스칠 때마다
갈꽃은 일렬로 쓰러지고
쓰러진 꽃은 다시 일어나지 않고
일어나지 않음을
그대 꼿꼿한 목이 보지 못했지

슬픔이란 이름으로 쓰러진 갈꽃
아직도 쓰러지기만 한다면
이 가을 갈밭을 걷는 사람의 눈시울엔
어떤 빛깔이 감길까

그러나 슬픔의 끝은 기쁨이므로
그대 찬물 바른 발길이 끝날 때

꼿꼿한 목 속에 숨어
타고 있던 불길이
열린 가슴의 문으로 쏟아져 나와
가을을 태우며
이제 돌아서 온다

우리 믿음은 바로 사랑이므로
쓰러진 갈꽃은
기쁨이란 이름으로 일어나고
일어나고 또 일어나
이 가을 갈밭은
넘치는 사랑의 강이 되어 펄럭인다

사랑 만들기 · 38

창 밖을 내다봅니다
창 밖을 보아도 길이 보이지 않습니다
창 밖에도 창 밖을 내다보는 사람이 있을 뿐
창 밖 보는 사람끼리
속의 말을 하고 싶었습니다
나는 먼저 「이봐 그 쪽 사람」하고
입을 열었습니다
저 쪽 사람도 나와 똑같은
시늉을 했습니다
창 밖은 풀 한 포기 나지 않은
모래밭이었습니다
백지같은 모래밭을
사람 아닌 소리가 발자국을 찍으며
걸어갔습니다
나는 눈을 감았다 떴습니다
눈을 감았다 뜨기를
일흔번씩 일곱번을 해도

창 밖은 모래밭일 뿐
저 쪽 사람도 눈을 감았다 뜨기를

되풀이할 뿐이었습니다
나는 점점 저 쪽 창 안을
뚫어지게 보아야 했습니다
아니, 이건 볼수록 나를 닮았습니다
닮은꼴이 서글픈 나는 눈물 아닌
웃음이 나왔습니다
그리고 그 웃음을 사랑하게 되었습니다
수십 년의 시간이
창에 붙어 말라 죽어 갔습니다
이제 창 곁을 물러나와 생각해보니
내가 창 밖을 본 게 아니라
나 자신을 보며 수십 년
나 자신만을 사랑했을 뿐입니다
그래, 사랑은 자신부터
하고 고백서를 쓰게 되었습니다
이렇게

빠져나간 꿈

꿈에만 오는 사람
하늘도 땅도 바다도 아닌
말로도 아닌 그늘도 그림자도 아닌
꿈에만 치솟는 사람

오늘 문득
내 꿈 밖에서
장미 한 송이로 떴다
나는 커다란 접시를 들고
떨어질 듯 허공에 매달린
장미 송이를 받으려
그 진홍의 피
한 방울도 내가 혼자 받으려고
바람과 손을 잡았다

그 때였다
구름들이 덤불을 이루고
아, 바람보다 먼저
장미 송이를 훔쳐내 가버렸다

허물어지며 고꾸라지며 문들어지며
돌밭에서 가시밭에서 언덕바지에서
나는 오른손을 높이 쳐들었다
높이 높이 손을 쳐들었다

그러나
덤불이 나에게 눈을 흘길 때
아, 구름 속에 갇혀버린 나의 꿈.
왜 나는 또 다시
기다림을 시작해야 하나.

그러므로

푸른 별로 뜨고 싶은 마음을
바람은 알까
붉은 불로 타고 싶은 마음을
구름은 알까

그러므로 휘두르는 치맛귀
한 자락은 뜨고
한 자락은 불탄다

하늘로 치뻗은 느티나무
맨 끝 가지에 서고 싶은
아직도 푸르른 욕망을
그대는 알까
살아서 노래하는 강물을
강물의 맨 밑 바닥을 갖고 싶은
아직도 들끓는 목마름을
그대는 알까

그러므로
홀로 깨는 골방

한 끝은 천국으로
한 끝은 지옥으로
흐르고 있네.

그대와 나

그대와 나는 동행이면서
자주 갈림길에서 손을 흔든다
하루의 꼬리가 접히는 끝짬에서
우리는 손마다 뛰어드는 어둠을 보았고
어둠 속에 숨쉬는 死者사자들의 지저귐을 잡는다
그대는 한강 저편에서
검은 바람으로 떠오르고
나는 한강 이편에서
붉은 파도로 일어난다
우리가 잡은 손 사이로
추운 겨울낮의 한기가 흘러나가고
한 톨씩
길에서 묻혀온 거짓말들이 빠져나가고
맑아가는 한 평의 그대 가슴
그대 가슴에 내 정신은 빠진다
깊고 깊은 그대 영혼 속으로
멀고 먼 그대 뿌리 속으로
나의 한 뼘의 가슴이 송두리째 빠진다
다시 나는 태어난다

어리고 조그만 풀잎으로
그대 순수와 동행한다
그러나 갈림길에서
자주 헤어짐을 되풀이하고
머리 속에 뛰어드는 死者사자들의 지저귐을
그 지저귐 속에 섞이는 캄캄한 나를
나는 죽인다.

어디서 꽃잎 하나가 뚝 떨어지는 저녁, 그러나 그대 품에 들어가 그
대 품에서 되살아나는 꽃잎을 강을 흔드는 물소리를 타고 나와 공중
에서 물방울을 뜯어가며 저희들끼리 가는 물제비떼가 내려다 본다

「연가·2」 중에서

2

오뉘나무 두 그루

비 속에서

허리 굽은 비가 한 포기 흰 머리칼을 풀고
나를 쫓아온다
이리 저리 천리 밖을 두루 밟고 천리 밖의 때를 묻혀
신선한 내 발목에 와서
내 발목을 홀쳐매고 나둥그러진다
땟기가 없는 푸른 내 살 속을 뚫고
뚜벅 뚜벅 걸어내려 간다
설흔의 등을 켜 들고 살의 층계를 다 내려가
내 속에서 떠 오르는 청징한 냄새를 감아 삼킨다
한 마리 벌레도 지나간 흔적이 없는 내 心房심방에
비가 거친 발톱으로 자죽을 찍는다
발의 갈퀴로 內室내실의 진공관을 찔러 무게를 빼고
한 점 마른 나뭇잎을 만들어 비가
손에 든 화살을 빼어 비의 때 속으로
쏘아 넣는다
내가 비 속에서 헝클어져 까무러친다.

너는 누구냐

세상 속에서 나를 끄집어내어
그 무엇으로 만들려 한다
내 살을 헤집고 뼈를 헝클어
다른 무엇으로 만들려 하는
너는 누구냐
자주 만나는 바람도 연기도
그런 건 아니다
때때로 내 그림자 속에 들어가
나를 몰래 겨냥하고
온 대낮 속에 그물을 던져
산채로 나를 건져오는
너는 누구냐
시간마다 일곱빛깔 옷을 갈아입고
시간마다 일곱빛 별똥냄새를 들고와
나의 눈 밑에서 코 밑에서
내 시든 살을 후벼파고
고물거리는 물향기를 집어넣어
다른 무엇으로 만들려 하는

너는 누구냐
나는 눈을 뜨고도 너를 보지 못한다
안으로 눈을 접은 장님이므로.

그대 의심

상수리 나무와 내가
눈을 감고 一行일행이 될 때
골짝의 폭포도
움직임을 멈추고
쉼표가 없는
산새의 노래 몇 점도
숨 딱 끊어 버리고
오늘만 눈 감은 별
포기 포기 하늘의 치마폭에 들어가고

의심많은 그대
감은 눈 속으로 내려와
一行일행의 어깨를 젖혀보고 젖혀보고
세상의 잘난 얼굴은 모두
젖혀보고 눕히고

좀 이상하다 아무래도
세상은 점점 얕아지고
그대 의심은 점점 높아지고

상수리 나무와 내가
一行일행이 되어 눈을 감아도
그대 의심은 풀리지 않고.

안 보인다

그대 눈엔 내가 안 보이고
내 눈엔 그대가 안 보이고
우리는 서로 안 보임을
뚫어지게 보고 있다
우리 눈을 멀게 하는
머리 속의 안개를
왜 우리는 걷어낼 생각은 안 하고
서로 안 보임만
보고 있는가
하늘엔 구름도 없고
뜰 안엔 먼지도 없어
그대 발의 복사뼈도 비쳐나지만
우리는 서로 보지 못한다
대낮처럼 밝은 이 밤
유리알 같은 세상 속에서
왜 우리는 서로
안 보이는 어둠 속을 가는가.

戀歌연가 · 1

아무도 건드리지 않은 아침의 벌판에
푸른 발자국을 박고 있는 저 사람은
벌판 복판에 내려 꽂힌 한 줌의 햇빛을
햇빛의 바늘을 뽑아낸다
뽑아내어 따라가다 넘어진
내 가슴의 고장난 시계추에 꽂아준다
시계 발자국이 일어난다
죽은 나무가 되어가던 내 머리칼이
초록 물감을 토하면서
그 사람의 피끓는 허리에 휘감겨
아무도 건드리지 않은 잎사귀가 된다
나는 다시 몸 전체에 핏방울이 돋아나
그대를 따라가고
저 벌판 끝에선 땅을 떨게 하는
푸른 戀風연풍이 불어온다.

戀歌연가 · 2

강은 밤에만 찬다.
멀고 먼 물보라가 돌아오고
햇볕이 넘어가는 들끝에서
풀모자를 쓴 그대도 넘어온다
호미에 하루가 닳은
그러나 풀냄새를 감고오는 그대
즈믄 하늘을 건너가는 바람은
가기전에
가벼운 구름을 두르고
그대 목을 휘감는다
(아, 이 地上지상의 가장 따스한 사랑)
어디서 꽃잎 하나가 뚝 떨어지는
저녁, 그러나
그대 품에 들어가
그대 품에서 되살아나는 꽃잎을
강을 흔드는 물소리를 타고 나와
공중에서 물방울을 뜯어가며
저희들끼리 가는 물제비떼가
내려다 본다

그리고 세상은 하늘을 열고 나서는 저녁비로
다시 풀냄새를 연다.

온 몸이 젖어서 세상을 팽개쳐 버리는
우리는
그래서
밤에만 차는 강 속에 있다.

가을달

가을의 발 소리로
귀가 몽그라지는 마을 길
코스모스 숲이
길의 이마에 묶여 있다
코스모스를 열면 한 사람의 발이
멈추어 있는 뒷모습을
마을까지 따라 온 가을달이
오려내 준다.

밤이 와도 밤에 들지 않는 그대
온통 빛으로 만들어진 그대가
환하게 코스모스 속에 켜져 있지만
그러나 고개를 숙이고 앓고 있다
그대가 앓고 있는
한 고뇌와 인종과 사랑을 들으러
마을 길의 코스모스 귀를 뚫는
내가 바로 그대 안에 박혀 있는
그대의 고뇌이고 인종이고 사랑임을
알고 있는 저 달은 눈이 길다.

출생

하늘의 입에서 머리 푼 달이
고꾸라져 떨어진다
한 세기가 저문
땅 끝에 가 늘어져 눕는다
부근엔 아직 조금 남은 빛이 한 두 마리
꼬리를 흔들며 고물 고물 돌아다니고
그 위에 일어난 女子여자가 한 두 마리의
빛을 주워 자꾸 자꾸
치마 주름속에 감춘다
저문 세기의 저 쪽에서
한 男子남자가 달의 머리칼에 겹쳐진 몸을 걷어
하늘의 입으로 들어가고
빛을 치마에 싼 女子여자는 혼자 남아서
달의 얼굴이 뚝 쪼개져
새 세기를 들여다 볼 사과같은 무엇이
불쑥 내밀기를 기다리고 있다.

잃어버린 별

날개가 없어 서서 자는,
코도 골지않는 코스모스 볼을
마구 때려 깨우는 높새바람 한 바가지
돌아온다
잠시 품 속에 알싸한 박하내도 넣고
돌아온다

차창 밖으로 달음박질치는
다리 없는 별의 눈, 코, 입,
손으로 차창을 빡빡 닦아내도
차창에 밀착된 별의 눈은 새파랗기만 하다

새파란 별의 눈을 안고
행복한 눈을 감는다 그런데
감은 눈속에선 별의 또아리가
앞뒤로 얽혀서 떠내려 가는구나

강물이 되어 흐르는구나
잠시후,

별꼬리도 보이지 않게 되는구나

해묵은 고향벌에 돌아와 보니
코스모스 잠을 깨우던
젊은 날의 발자국은 모두 잡초속에 묻혀
지워져 갔다
우상처럼 따라오던 별,
그가 마침내 떠내려가고 말았듯이.

햇빛 속에서

햇빛이 내려앉는다.

내가 버린 하늘에
마른 안개가 넘어지고
구름도 몽그라져 일어나지 못하고
그러나
바람은 숨어서 올라가고
하늘엔 빈 바람만 서성이고
(땅 위엔 햇빛이 차고
햇빛을 키우는 심장이 차고
심장을 깨우는 사랑도 차고)

땅의 이 싱글한 충만함 속을
누군가 내려와서
내 손등을 덮는다
그림자도
한 점의 목소리도
눈도 코도
손톱에 패일 살도

다 털어버린 내 눈 속
깊이 일어서는 한 사랑을
내가 떨림 속에서 붙들게 하고
그리고 내 머리끝에서 터져
햇빛이 되어버리는 그대
그대는 열두 번 죽어도
나의 땅의 햇빛이다.

깨끗한, 너무나 깨끗한

땡볕에 주름진 말똥비름잎을
들었다 동댕이치는
날이 선 바람처럼
하늘 한 바퀴 휘돌고 내려온
하늘새가 살짝 떨궈논 사람

서슬푸른 내 발이 부지런히 걷고있는 길
앞을 깨끗한, 너무나 깨끗한
그의 눈동자가 막아섰다
내 머리 뒤꼭지까지 꽂히는
무섭도록 번쩍이는 그의 눈빛이
쏟아내는 말씀의 씨가
가슴속, 의식속, 자불고있는 영혼을
뒤흔들어 당근질하더니
(말씀 속으로만 빠져들어 혼자
세상길을 버리게 해 놓고)
이제 보니 그는 몰래 빠져나
나보다 열두 발자국 앞서가는 중이네

잡을려도 잡히지 않는
붙잡았다고 생각하면 어느새 축지법으로
앞서가는 그 사람

뽕나무 가지에 잠깐 쉬었다가
푸드득, 하늘가는 하늘새처럼
또 어느 마을로 다급하게 날아가서
나처럼 자고있는 후미진 영들을 일깨우고
다시 또 어느 마을로 내려갈지?
나의 느린 걸음으로는 따라갈 수 없는
그는 영원히 멈추지 않을 우주 밖의
흐름별일까(2천년 전에도 그랬을까)
그의 그림자조차 놓쳐버린 나는
내 앞에 동댕이쳐진 말똥비름잎만
멍청히 내려다본다

(말똥비름잎에 때론 그 햇살 눈동자가
영롱한 빛살로 포개져 있음).

봄 혹은 안개꽃

봄 눈이 초록물을 떨구며 나르고
알싸한 바람이 초록물에 젖으며 투정을 부리고

안개꽃이 머리를 흔들며 자꾸
구겨져 내리는 망사 손수건을 털어내기 바쁘고

창 밖과 창 안엔 서로 다른 안개꽃들이
안개를 피우며 머리만 빼들고
물방울처럼 흘러다니고

(창 밖 세상은 안개꽃 부딪침 또는 뒤엉킴일 뿐)

열 아홉 사춘기 때
맨 처음 감춰 둔 안개꽃 사랑을
더듬 더듬 찾아낼 수 있을지?
바람의 그 낡고 거치른 손이
붙잡으면 이내 사그러지는
안개 같은 처음 사랑
왜 하필 헝클어진 머리칼로 뒤엉킨
봄 눈 속에서 찾으려는지?

봄 눈이 초록 눈물로 내리는 창 밖
몸 풀린 바람이 큰 손바닥을 펴고
새파란 눈물에 젖은 안개꽃 눈망울을
(그때 잃은 처음 사랑인 줄 알고)
싸악, 쓸어가 버린다

이제 홀가분하다.

어떤 만남

모래 바람 속에 몸을 넣고 걷는다
모래 바람 속에도 누가 살고 있는지
공기 바스러지는 소리 두어 송이
바람에 들려 나풀거린다
해가 지고있는 서산 모퉁이
산자락이 끊어진 지평선은
오늘 따라 가물가물 멀어만 보인다
모래 먼지를 밀치고 나와
혀를 내민 햇살이 가로수 살의 잔주름을
핥아 먹을 때
사람들은 뒤에서 덜미잡는 길에 기대어
한 키씩 수직으로 가라앉는다
그때 모래 바람 속에서
사물을 깨뜨리고 찢어내는,
비수처럼 내 정수리에 꽂히는
소리가 있었다 나는 가라앉지 않고
무섭도록 번쩍이는 소리를 보았다
나는 무참히 파헤쳐지고 깨졌다
몸이, 의식이, 찢어져 영혼 홀로
일어났다

(나를 깨뜨린 소리는 무엇일까)
모래 바람 휘몰아치는 산모퉁이
붕대 속에 눈을 집어넣은 한 사람이
웃고 있었다
인간의 욕망을 모두 붕대속에 밀어넣고
(붕대를 뗀) 눈동자는 너무 깨끗하게
씻겨져 있었다
깨끗한 너무 깨끗한 그 눈동자를
나는 볼 수 없었다
(붕대가 내 눈에 건너와 감겼으므로)
모래 바람 속에서 말씀의 씨가
사방으로 날렸다

소리를 타고 말씀이 가는 곳마다
길에 덜미잡혀 가라앉은
사람들이 모두 살아나리라.

오뉘나무 두 그루

눈을 감으면 집 앞엔
짓푸른 두 그루 나무
그대로 있다

못다 핀 사랑을 품은채
오뉘처럼 마주 보고 있다는
전설나무 두 그루

오늘은 테레사 수녀같은 눈으로
꼭꼭 묶어논 가슴의 자물통을 열고
수많은 이웃에게 사랑을 꺼내 주고 있네

점점 넓어만 가는 나무 사이를
봄밤의 보송한 바람이 오가며
못다한 귓속말을 전해주네

(사랑을 겁내지 마라
결국 삶이란 사랑하는 일뿐이니!)

오뉘나무는 따라오는 밥풀같은 새꽃들에게도
'사랑을 겁내지 마라' 바람의 말을 말해 주지만
깊은 속의 말 하지 못한 채
서로 멀리 서서 마침표를
찍을 밖에 길이 없을지?

눈을 감으면 집 앞엔
아직도 짓푸른 나무 두 그루
그대로 있다.

세상 바다에서 때를 묻히지 않은 손을 바람의 정갱이에 눌리지 않은 손을 누가 가졌나. 저 빛나는 이마를 따 와서 우리 발을 우리 머리를 높고 높은 가지 위로 끌어 올리고 밤이 없는 세상을 만들어 낼 손은 누가 가졌나 누가 가졌나.

「열매 따기」 중에서

3

사랑 그 낡지 않은 이름에게

빈 들판

마지막 잎새도 뜨고 없었다
빈 들판
차거운 바람이 방금 발을 들여놓고 있었다
알몸의 나뭇가지 끝 까치 지붕에만
콩알만한 햇볕이 앉을듯 말듯 했다
속을 비운 나는 혼자
바람 속에 나가서
콩알만한 햇볕을
재빨리 주워 담았다 빈 가슴에
음악도 그림도 그런 건 아닌
보이지 않는 한 목소리가
나풀 나풀 날아서
마지막 잎새처럼
뚝 떨어져 왔다
처음이었다.

이런 날에도

하늘의 심장까지 들여다 보이는 날
이런 날엔
바람도 날개짓을 멈춘다
이런 날엔
내 불눈을 켜고
그대 자유로운 유영을 뚫어본다
이젠 세상 사람들의
기억장치에서도 밀려난
그대 자그만 키 성근 눈썹이
무덤 속에도 허공에도 담겨있지 않아
활짝 기억에서도 놓여난
그대 완전한 자유를 나는
영안으로 보지만
닿을 수 있을거라고
주홍빛 마음을 주홍 글씨에 담아
띄우던 믿음까지
자유로운 그대에게 따라 보낸다 이젠
하늘이 낮게 뜬 이런 날에도

나의 화살은
그대 마음 어귀를 찾을 수 없으므로
그대는 참말, 거짓말 그것이 되었나봐.

빛 혹은 그림자

깃 넓은 모자를 쓰고
그녀는 모자 속에 얼굴을 밀어넣고 있다
꼬불 꼬불 길 모퉁이를
포롱 포롱 물방울을 불며 돌아가는 그녀,
어디서 깊은 우물빛 눈을 매단
한 사나이가
저 쪽
꿈의 추상화 속에서 건너와
깃 넓은 모자를 벗겨버린다
아, 음모가 덮고 있는 그녀 살빛
그녀 가득한 검은 음모의 눈이
한낮의 빛에 잡힌다
한 사나이는 복고조의 걸음으로
세상 밖으로
종, 종, 종, 달아난다
달아나면서
그때 마음이 아리던
울림있는 그녀 목소리에 쇠방울을 싸맨다
쫄랑, 쫄랑, 쫄랑,

떨어지는 요령소리를 밟으며
깊은 우물빛 사나이가
힘껏 세상 밖으로 달아나고 있다.

戀歌風(연가풍)으로

한 목소리가 달려오며
내 이름을 불렀다
나는 돌아보았다 조금 늦게
목소리는 토막 토막 달아나고 있었다
다시 목소리는 한 몸으로 돌아와
한 음계 높이 올라갔다
나는 다시 돌아보았다
조금 더 늦게
노란 안개가 내 무릎을 적시고 있었다
안개 속을 헤엄치며
보일듯 말듯
더 높은 음계로 올라가며 나를 부르는 그를
나는 붙잡으려 피를 쏟았다
그는 이미 공중에 떠올라
금빛 연가풍으로 흔들리고 있었다
아, 연가는 왜 잡히지 않나
2분의 1의
내 목숨이 지날 동안

언제나 노란 안개 속에서
허우적이고 있었던
나에게.

열매 따기

이마를 쳐들었다

가지에는 이제 마악
밤을 떨치고 나온 무화과 열매가
이마에 빛을 올려 놓고 있다

빈 들판
바람도 빼먹고 지나간
외진 언덕바지
아무 눈도 와보지 않는
몽그라진 무화과 덩굴에
버려진 열매 하나가
조금도 티 없는 가슴을 열고 있다

저 가슴을 누가 가서 따나
세상 바다에서
때를 묻히지 않은 손을
바람의 정갱이에
눌리지 않은 손을

누가 가졌나,
저 빛나는 이마를 따 와서
우리 발을 우리 머리를
높고 높은 가지 위로 끌어 올리고
밤이 없는 세상을
만들어 낼 손은
누가 가졌나
누가 가졌나.

사랑 그 낡지 않은 이름에게

그대는
사람들의 입에 오르내릴 때만
빛나는 이름
사람의 무리가
그대 살을
할퀴고 꼬집고 짓누르고
팔매질을 해도
사람의 손만 낡아질 뿐
그대 이름자 하나
낡지 않음
하고 우리들은 감탄한다.
그대가 지나간 자리엔
반드시 자국이 남고
그대가 멈추었던 자리엔
반드시 바람이 불어
기쁘다가 슬프게 패이고
슬프다가 아픔이 여울지는
이름
그 이름이

가슴에서 살 땐
솜사탕으로 녹아내리지만
가슴을 떠날 땐
예리한 칼날이 된다
그렇지 그대는
자유주의자 아니 자존주의자이므로
틀 속에 묶이면 자존심이 상하는 자
틀 밖에 놓아두면
보다 더 묶임을 원하는 자.
그대를 집어들면
혀가 마르거나
기가 질려 마음이 타버리거나
한다고 우리는 때때로 탄복한다
그렇지 사랑의 이름이
사랑이기 때문.
실은 사랑이 슬픔 속에 자라지만
기쁨 속에 자란다고 진술한다
실은 사랑이 아픔 속에 끝나지만
새 기쁨을 싹 틔운다고 자술한다

사랑의 끝남은 미움이지만
실은 끝남이 없는 아름다움이라고
사랑은 사랑은 끝없이 자백한다.

편지

마당귀에 조금은
도는 그네를 타고 햇빛이 누워있다
그네는 바로 멎고 햇빛은 달아난다
엎드렸던 바람이 머리를 쳐들고
먼 데 강이 넘어지는 소리가 걸어온다
기둥에 남은 온기를 붙들고
한 쌍의 고양이가 죽은 듯 얼어있다
이내 뜨던 별도
햇빛을 뒤따라 땅속으로 내려가고
둘러보아도 기척도 없는 내 곁에
다시 와 머무는 사람의 그림자
마당귀에 머리 든 바람이
멎은 그네를 흔들어도 침묵처럼
비어있는 이 위험한 때
이승엔 없는 너에게
나는 약속도 없는 편지를 쓴다.

가을 남자

그 남자는
어둠을 갖고 있다
스치는 사물에마다
어둠이 옮아붙고
옮아붙은 어둠을
줍는 손마다
어둠이 되어버린다

그 남자는
입이 없고
크게 눈만 켜져 있어
나의 가슴 속 먼지도 환히 드러낸다
내 눈이 홀로 그와 눈맞춤할 때
내 눈은 그 눈의 어둠 속으로
침몰해 버린다

세상은 삼킨 어둠으로
주름을 펴고

팽팽한 평온을
장대 끝에
쳐들고 있을 뿐.

바람이 돌아온다

달빛이 허연 뼈를 뽑아들고
길 모퉁이에 비켜 서 있다
흰 옷 입은 나무들의 그림자가
밤을 썰어내는 톱질 소리를 내며
구멍 뚫린 공간을 빠져나간다
시간을 쏠아 먹는 좀벌레가
발소리를 이고 땅 밖을 기어간다
귀가 게우는 개구리 소리를
둑 목아지에 걸어두고
품팔이 갔던 바람이 돌아온다
조용하다
달이 툭 땅 가득 떨어질 뿐
흰 옷 입은 나무들의 눈이 깨어져
사방에 흰 빛을 뿌릴 뿐
바람이 문 빗장을 풀고 들어갈 뿐

아무일도 일어나지 않았다.

그대

그대 오늘도 밝아져 가네요. 내 입김으로 때가 벗겨지던 돌 나에게 눈총을 주며 기다리게 하던 바람이 이젠 어둠 속에 묻힌 어둠을 좋아하는 어둠의 노예인 나를 내버리고 저희끼리 희뜩희뜩 밝아가네요. 그대 지금도 어둠이 하나 둘 갈앉아 가네요. 2천 년 전 어둠을 밟고 거닐던 땅 후미진 땅덩이를 저주하던 예수가 떠난 이 시간에야 밝아가네요. 어둠 속엔 나 혼자 매어놓고 총, 총, 총, 발자국을 박으며 가네요. 그대 내 발등까지 밝음으로 덮는다면 눈물자국 마르지 않은 내 눈 밑이 드러난다면 꿈에도 그대 만나지 말아야 한다면 나는 어디에 숨을까요. 그대 이름도 희미해지지 않는 이곳에서 내가 일어나 떠나야지. 밝음과 동화하는 지조없음을 용서하지 않는 그대이므로.

꿈과 합동이 되어

꿈이 나를 사랑하는지
내가 꿈을 사랑하는지
확실치 않은 관계 속에서
우리는 자주 합동이 된다
산 아래 흘러내린
치맛자락 같은 논두렁길을 따라
풀밭 속을 간다
내 꿈과 손을 잡고
땅도 안 보이는 풀속에서 보는
천지만상은 푸르고 넓기만 하다
풀밭은 내 맨발을 받아주려고
미리 매끄러운 융단을 깔아놓았구나
이따금 바람이 풀 머리 꼭대기에
휘파람을 쏟아 부을 땐
한 쪽 귀를 열고 풀이 듣는다
고개를 끄덕이며 알겠다 알겠다
풀이 응답한다
나는 의미를 모르지만
풀을 순종시킨 휘파람 속에 빠져 들어가본다

슬픈 문제나 어려운 고뇌라곤 없구나
어머니 치마폭같은 휘파람의 살속
햇살이 황금지붕을 씌워
내 꿈을 재우는 성·누가 수도원을 만들었네
나는 듣는다
성·누가 상으로 얼굴을 가린 '사람'이
말하는 목소리, 풀빛처럼 푸른 목소리를
내 꿈이 나를 이끌고
이 목소리를 만나러 풀밭집에 왔나봐
나보다 한발 먼저 풀이 되어
내 몸을 지우려고
근심도 욕심도 고뇌도 외로움도 지우려고
내 꿈이 풀이 되었나봐
풀잎을 타고 굴러 떨어진 그 목소리를
나는 손바닥에 주워담아 똑똑히 본다
소리가 형상을 입고 일어나기를 희망하며
무형의 몸으론 내 꿈의 공간을
채우지 못하므로
바람소리인 듯 휘파람 소리인 듯,

성 · 누가 상 뒤에 숨은
소리의 얼굴을 보는 날
내 몸은 지워져도 좋으리라.

풀물의 그녀

바다 밑 수렁 뚜껑을 열고
길고 긴 해꼬리가 내려갑니다
풀물 투성이가 된 그녀는
풀물을 섞으면서
세상 쪽으로 갑니다
세상과의 입씨름도 끝내고
침방울을 닦으면서
아직은 새파란 눈에
빛도 물소리도 만들지 못하는 사람,
공중을 짓밟는 우레소리를 타고 나와
세상의 심장에 방아쇠를 겨누는
저녁 가마귀떼를 보아도
깜빡 잃어버린 정신을
못 찾는
그 사람을 만나러
그 사람의 눈에
풀물을 먹이러
슬픔이 조금 빗겨선 밤엔
풀물의 그녀 홀로
세상 속으로 들어갑니다.

가을 여자

햇살이 빛을 버리는 가을
충무로 네거리에
나뭇잎 한 눈이 시들어 떨어졌다
나뭇잎은 소금빛 햇살을 켜 달고
구겨진 충무로 뒷골목을 펴 보았다
석 달 열흘 가뭄이 들어
목덜미까지 익어버린 여자가 한 잎
떨어져 내렸다
그 여자의 가슴은
커다란 구멍뿐이었다
이상한 바람이 빠져나간 빈 구멍
빈 구멍이 떨리는 울음을 게우고
또 게우고 있었다
나뭇잎 한 눈이 그 여자의
울음에 가서 포개졌다
아, 슬픔이 되어버린 가을잎이여.

섬에 와서 · 1

섬에 왔다 혼자
가슴을 치고 가는 파도의 잔등 위로
머리를 털며 일어나는 바다 바위
마치 물속에 사는 물집처럼
빈 창문을 덜컹거리며 외로운 너무 외로운
몸통이 드러난다

섬은 몸 안에 불을 켜고 바위같은
외로움을 키우나 봐
섬의 창문께에 앉아 찬찬히
지나온 생을 되짚어가며
아직도 재생되는 기억의 알맹이들을
한 알 한 알 파도속에 던져넣는 밤
은사시나무처럼 몸을 반짝이며
가까이 오는 사람 몇 개피 중
혼자 외딴데에 버려진 돌멩이로
묵묵히 섰다가 슬픔에 찔린 눈으로
다가오는 사람, 그는
너무 깊이 박혀 뺄 수도 없는 가슴의
화살의 주인일까

내가 세상 밖으로 빠져나가
무차원의 세계로 밀려갈 때까지
빠지지 않을 꼿꼿한 이 화살을
격렬하고도 단발적인 물결을 일으켰던
'처음사랑'이라 명명해야 할지?

섬의 거센 물결에 가슴 씻으면
때때로 찬땀을 흘리게 하는
화살이 빠질거라고 믿었던 못생긴
내 생각을 나무라는지

그는 섬의 안개 뒤로 뒷걸음질 친다
안개 뒤에서 안개를 흔드는 신음소리,
그 '십자가의 아픔'의 파장이
몸 전체로 퍼지게 한다

사방으로 길이 막힌 섬에 갇히면
화살 맞은 가슴의 아픔을 느끼지 않으리라는
믿음이 오히려 화살의 몸 부피를 더 크게

부풀려 바다 속 깊은 가슴 밑바닥에
암초처럼 가라앉게 한다

암초같은 아직도 뻣뻣한
화살이 빠지는 날 외로움을 키우는
나의 섬은 육지로 몸 바꿔도 좋으리.

섬에 와서 · 2

가장 작고 외진
섬에 와서 잠들고 싶었지

한 길로만 가기를
강요하는 시간의 올가미에서
놓여나 불가마처럼 끓는 심장이
될 때까지
몸 전체에 어둔 그늘이
불탈 때까지

오늘은 모래도 물결도 나도
오지랖을 열어버렸지

섬 바람은 긴 머리결로 혼자
불춤을 추었다
불의 머리결은 내 몸을 휘감았다
싸악, 잘라
모래밭에 꽁꽁 파묻은
그때 그 일이 홍조를 띠고
섬 저 편에서 기다리고 있네

사각사각 밟히는
발 밑의 모래알보다 더 작은
내가 오늘은 추억을 바꿔치기
하고 싶어
너무나 커다란 추억의 눈에
한 무더기 화살을 쏘았지

화살은 모두 되돌아 왔지만
나는 끝내 포기하지 않을거야.
가장 깨끗한 백지로 섬에 와서
깊이 잠들고 싶었어.

가을 바람은 불씨를 갖고 있다 바람이 건드리는 풀잎마다 불이 켜지
고 풀잎을 따는 가슴마다 불에 덴다 가을 바람은 머리가 없고 가슴
만 돋아져 있어 가을 가슴에 우리 가슴이 얹힐 때 우리는 없어져 버
린다 세상은 온통 불덩이로 떠오르고.

「가을 바람」 중에서

4

그 곳에 가고 싶을 때

눈이 걷는다

걷는다
눈을 지지는 뙤약볕 속을
눈 크게 뜨고
아무 것도 안 보이는 대낮 속을
뚫어보면서 걷는다
불볕을 펴놓고
해는 죽어 버렸다
환한 대낮에
어둠을 게우며
재가 되고 있는
오후 3시의 사랑,
사랑의 상반신을 태운
뜨거움과
침묵으로 태어난
한 움큼의 슬픔을 건져든
아, 눈은 걷는다
아무 것도 안 보이는 대낮 속을.

얼어붙은 사랑

바람이 칼날로 불었다
겨울이 진행중이었다
가슴에 얼음이 얼었다 사랑이 곤두선 채 얼어붙었다
부드러운 사랑의 살, 깨끗한
사랑의 잎이 불타지 않은 채 얼어붙었다
숨이 막혀 버렸다 막힌 숨을 밟고
시간은 지나가고 있었다
세상이 꺼져들고 있었다
진펄 구덩이로 땅 밑으로 몸이 가라앉고 있었다
나무가 가라앉고, 공기가 가라앉고, 하늘이 가라앉고,
가라앉고 있었다
나는 어디로 빠져 나가나
가라앉기를 거부하는 나의 컴퓨터는
빠져 나갈 구멍 찾기에 바쁘다
땅을 경련시키는 바람의 발장난을
이겨야 한다고 소리를 질러도
소리조차 빠져 나가지 못해
컴퓨터 속에서 뱅뱅 돌다니!

그러므로 좁쌀알만한, 보이지도 않는
내가 빠져 나갈 구멍도 막혀 버렸지만
그러므로 얼어붙기 전에
먼저 사랑을 풀어 놓았어야 했지만.

추억에게 안녕

사랑. 하고 마침표를 찍으면
절망처럼 암담했던 시대가
내 눈썹 끝
내 가슴 귀퉁이에 일어선다
절망의 시대 너머
기억의 갈피에서
이미 형체도 사그라진 사랑이
존재함! 하고 손을 치켜든다
호롱불보다 밝은 촛불 밑에서도
도저히 안 보이는
먼지가 한 줄 파르르 기억 밖으로 날아갈 뿐

떴다 가라앉았다 하는
한 잎의 무지개가
내 옷깃 속엔 언제 들어왔나
커다란 자리를 차지하고
빛나지 않는 괴로움 한 줌 만들어내며
때론 빛바랜 학이 되어
눈을 깜박거리며
미래에게 주는 나의 안부를 질투하며

나를 거쳐간 시간에게도
안부를 보내주기 바라며
위험한 감각과 빈틈없는 행복을
누리고자 한다
그래,
나의 기억 안에서만
완벽하게 빛나고자 하는
추억에게도 안녕.
하고 마침표를 찍으면
절망처럼 암담했던 시대가
불빛보다 더 밝게
살아남을 본다 분명히.

누구일까

고삐 풀린 바람을 빗질하다 뛰어내려
빈 허공으로 돌아가는 잎사귀
그를 만나는 사람은 누구일까
짧은 한 생애를 고삐 풀린 바람에 풀어 놓고
금빛 웃음을 게우면서
떨어져 눈도 없는 흙으로 접어든 뒤
새 살과 새 꿈을 보내 주는 잎사귀
그를 만나는 사람은 누구일까
토막 토막 달아난 시간들이 돌아오고
꽃잎이 돌아오고 햇빛이 돌아오고
살들이 돌아와 빈 칸을 채운
마당 복판에 빨갛게 드러낸
내 잔등에도
한 송이 꽃잎을 보내주는 잎사귀
그를 만나는 사람은 누구일까
누구일까.

피아노 곁에서

강이 운다. 파란 살의 건반,
물결이 달려간다
방안 하나 찬 강이
우리 사랑을 집어 올린다

잠시 조용 조용
강의 울음이 숨을 거두려 할 때
어디서 초록잎이
퐁!
떨어진다
다시 헤엄치는 우리 사랑
끓일듯 이어지는 슬픈 이야기가
가슴 속 깊은 데서 돌아 오른다.

꽃밭에서 · 1

빛갈은 그녀의 꽃밭에서 제일 먼저 빛을 잃는다
밤 이슬을 찍어먹고 부활하는 새 목숨을 죽인다
빛나는 어린 새 빛을 그녀는 헌 눈으로 비틀어 죽인다
꽃들의 언어를 알지 못하는 그녀의 머리는
어둠 속의 깊은 우물에서 돌아온 오뇌의 언어를
알지 못한다
새벽녘의 벌판을 헤매다 돌아온 오열하는 언어를
알지 못하는 그녀 머리 속에 자고 있는 때묻은 꽃밭에서
그 낡고 때묻은 빛갈들을 끄집어내고
나는 오늘 푸르고 신선한 새 언어를 갈아 끼워 준다
그녀는 새로 부활한다 그녀의 꽃밭에서 새로 부활한다
빛갈은 그녀의 꽃밭에서 제일 먼저 빛을 빛낸다.

길

오랫만에 문 밖에 나온 저 사람은
길고 긴 길이 되어 햇빛 아래 드러눕는다
햇빛이 그의 몸속으로 기어 들어간다
불 붙은 팔뚝이 살을 떨구며 함께 묻혀 햇빛이 된다
검게 익은 얼굴도 소리를 날리며 햇빛이 되어 따라
묻힌다
소리의 끄트머리에 다 부숴진 내가
목이 매달려 간당거릴 때
빛의 바늘이 턱을 쳐들고
내가 고장낸 발자국 소리 속에 숨어있는
내 심장에 와서 휘어져 코를 꿴다
발이 묶인 피가 풀려나
구멍난 심장을 기워 나간다
한 알의 펄떡이는 빛의 바늘로
나에게 크게 울리는 내 피의 자국 소리를 듣게 하는
저 사람은
오랫만에 보는 멀고 먼 길일 뿐이다.

가을 바람

가을 바람은
불씨를 갖고 있다
바람이 건드리는 풀잎마다
불이 켜지고
풀잎을 따는 가슴마다
불에 덴다
가을 바람은 머리가 없고
가슴만 돋아져 있어
가을 가슴에 우리 가슴이 얹힐 때
우리는 없어져 버린다
세상은 온통 불덩이로 떠오르고.

노을 저편

뼈마디 풀린 산비장이잎에 발을 놓았다가
땅에 풀석, 주저앉은 멧새처럼
멀리 빛덩이를 던져버린 노을의 꼬리가
식은 재로 남아있는 산 모퉁이
내 시신경이 덩그렇게 걸려있는 쪽으로
빠른 걸음으로 가는
단순한, 너무 단순한 그의 뒷모습이
그해 가을의 그늘속에 묻혔다

그가 떨군 영혼의 입자를 끌어모아
내 마음밭에 꼭 꼭 심어놓고
자물통을 잠근 뒤 하나뿐인 열쇠를
하나님께 돌려드렸는데

노을이 머리를 눕힌 저 편으로
성큼성큼 가고있는 사람은 누구일까

태평양 건너편에선 지금
노을의 빛덩이가 펄펄 끓고

'나의 힘이 되신 여호와'를 부르며
자잘한 치어들이 피아노 건반처럼
튀어오른다

사랑의 싹이 트기도 전
사랑의 입자들이 모두 새나간
헐거워진 심령이 허기져 드러누울 때쯤
'나의 힘이 되신 여호와'를 메고
만선으로 배가 뒤집힐 때쯤
(태평양의 치어들을 버리고)
그가 다시 찾아올지?

지난해 가을 사라진 노을속에
투명하게 보이는, 열쇠없이도 열고 나간
그의 뒷모습을
수의를 입고 먹빛의 피멍으로 죽은
한 심령이 지켜보고 있다

(지우개를 잃어버린 내 시신경 안에선

그의 뒷모습이 지워지지 않았음)

긴 겨울이 다 가도록.

짧은 시간

한번만 스쳐가는 이 짙푸른 바닷가에 서면
골똘히 떠오르는 한 개피 생각이 있다
'나는 지금까지 사랑을 몰랐구나'

어두워지는 빈 하늘 구부러진 허리 아래
빨갛게 피를 묻힌 바다가 널부러져 있다
내가 멍청히 바라보는 저 끝엔 누가 사는지

따뜻한 숨결 몇 말
바람에 밀려와 출렁거린다
수평선 아래로 잠간 걸렸다 넘어가는
햇덩이가 풍덩, 떨어질 때 바다는 가슴을 열고
매번 오랜 불덩이같은 상처를 게워낸다

배가 팽팽해진 수평선 위로
바람이 날개를 접은 날이면
바삐 가는 시간의 복사뼈가 보인다
복사뼈 사이로 가다가 슬쩍, 흘려놓은
사람도 보인다

물살도 자르는 빛을 가진
똥그란 눈의 그 사람
삶도 끝부분에 다다른 이 짧은 시간에
나는 왜 눈이 밝아만 가는지
아무도 못보는 그 눈의 빛,
이제야 그것이 바다같은
그분의 사랑인줄 깨닫는다.

그곳에 가고 싶을 때

외곽지대 간이역에서 그 곳으로 가는
교외선을 기다린다

자동시간을 타고 내 앞에 부려진
교외선 입에서 밀려나온 헝겊조각들이
표정을 덮씌운 밀랍의 가면으로
어디론가 가랑잎처럼 한 무더기씩 사라진다

나는 낯선 시간과 만나고 헤어질
낯선 표정들을 생각하며
그 곳으로 가는 교외선을 기다린다

막이 내리고 장면이 바뀔 때마다
내 생각의 스위치도 끈다
다시 켤 때는 똑 같은 미이라의 얼굴들이
한 소쿠리씩 흩어져 갈 뿐
새로운 장면은 만들어지지 않는다

먼지를 일으키며 달리는 언제나 똑같은
화물차가 어깻죽지를 늘어뜨리고

몸통을 뒤뚱거리며 지나간다
신작로 옆 키 작은 풀꽃 머리가
두어 번 흔들리고 내 발이 먼지에 싸인다

해꼬리를 태운 시간의 꼬리가
잡힐 듯 가까워져도
그 곳으로 가는 교외선은 오지 않는다
그 곳은 여백으로 남겨놓은채
시간은 꼬리마저 걷어들고
내 앞을 스르륵 지나간다

가지못한 나는
언제나 방에 갇혀있고
생각을 몽땅 거머쥔 눈은
그 곳에 가는 교외선에 짓푸르게
박혀있다.

짧은 만남

창 밖을 본다
눈이 내린다
어디서 왔는지 꽁꽁 몸이 언 바람들이
큰 소리로 싸움질하는 사이로
안개처럼 눈발이 모여
서로 팔짱 걸고 날아다닌다

나뭇가지에도 땅 위에도
내려앉지 못하는 눈이,
깍지 끼고 서로 잡아당기는 눈이
내 눈 앞에서만 얽혀서 안개가 되는지

달린 날개를 떼버려도
내려앉지 않는 눈,
나는 가슴을 열어놓았지만
글썽이는 눈물도
열린 가슴으로 새나지만
(외로움을 끌어낼 불이 되지 못한다는
분명한 사실을 눈이 먼저 알고 있는지)

수만 개의 눈이 한 덩이로 몰려
가슴 밖에서
수만 개의 눈물이 되어간다

(창문의 안과 밖
짧은 만남을, 그 아린 기억을
잊지 못하는 인간의 헛된 욕망을
하나님은 어떻게 보실까.)

낮달을 보며

길을 가다 문득
하늘만 쳐다본 날

가물가물 점 같은 새가
까맣게 떠서
말간 낮달을 끌고 가더니
하얀 몸의 낮달이
진종일 불에 타는 고통으로
이지러지며 혈관이 터지더니

밤이면 진홍빛의 상처 투성이가 되었다

몸이 타는 고통의 낮달을 보며
그때에야 나는 후닥딱
너에게 준 아픔을 깨달았다
나도 혈관이 터져 흙이 될 때까지
지켜볼 하나님의 불눈을
그때에야 깨달았다

오늘 내 피곤을 털어낼
원두막 그 뽕나무집을 찾아
길을 가다 문득
하늘 기슭으로 끌려간 반쪽 뿐인
낮달을 보며 뜨끔거리는
바늘 꽂는 아픔
예삿일이 아니다

(영혼은 육체가 없이도 아픔을 알데
하나님의 분신임도 뚜렷이 알데)

길도 중간부위를 넘어선 때에야
빼마른 낮달이 태양의 덤불을
빠져나지 못하듯
나의 우주도 하나님의 손바닥임이
유리알처럼 보이데.

꽃밭에서 · 2

턱이 으스러지도록 성질내는 그
옆에서 살짝 비어져 나온 웃음꼬리를 보았다
떨어지려 하다가 불같은 성냄 밑으로
낼름 들어가 버린 웃음도 보았다

(바깥에 가면이 나돌아다녔다
두툼한 가면은 언제 벗어질지?)

성냄의 불길 꼬리쯤엔 '사랑'이란
글자가 잠간 보이기도 했다

그를 떠메고 가는 바람이 기를 돋우었다

불길이 그의 가슴에서 지글지글 붙고 있었다
불꽃 사이로 또 다시 꼬리가 조금 나온
사랑을 이번엔 와락 붙잡았다
뽑혀져 나오다 그만 탁! 끊어졌다
벌벌 떨리는 손가락에
사랑의 한쪽 귀가 잡혔다

속을 내보인 그의 성냄은
싱거운 듯 사그러졌다
바람 떠난 꽃밭엔
잎을 밀고 올라온 해당화꽃이 만발했다

내 손바닥에 깔렸던
사랑의 반쪽이
그의 가슴에 남아있는 또 다른
반쪽과 한 몸이 되어
우리집 꽃밭에서 활짝
웃음을 터뜨렸다

사랑과 바람과 친화력

송희복(문학비평가)

창작에 있어서나 이론적으로 문학 분야에 전혀 종사하지 않았던 역사 속의 옛 명사가 시의 속성에 관해 언급했던 것으로 우리는 존 스튜어트 밀의 어록을 비교적 어렴사리 기억할 수 있을 것이다. 19세기 중반 무렵에 경제학자와 철학자로서 큰 역할을 떠맡았던 그가 이례적으로 남긴 시에 관한 견해를 기억나는 대로 적어보면 대체로 다음과 같다.

시는 고독의 순간에 자신을 고백하는 느낌의 소산일 따름이다. 그 고백이 남에게 어떠한 인상을 남기려는 목적을 위한 수단이 될 때 그것은 시가 되기를 포기하면서 스스로 웅변이 되고자 한다. 웅변이 듣는 것이라면 시는 엿듣는 것이다.

여기에서 밀이 말한 시란, 19세기까지 서사시와 극시에 비해 홀대를 받으면서 변두리 장르로부터 성장해 왔던 서정시를 가리키고 있다. 놀랍게도, 그의 시에 관한 견해는 장르비평에 관심을 보여준 20세기의 이론가들이 동의한 서정시의 개념에 거의 일치하고 있다. 서양인들에겐 오랫동안 시라고 하면 으레 서사시와 극시를 염두에 두는 버릇이 있었다. 그러나 서정시가 독립된 문학 장르로서 대표성을 획득하기까지 장구한 세월에 걸쳐 노래와 혼용된 형태의, 이를테면 '원原서정시'의 기나긴 전통이 계승되어 왔다. 과거 여러 형태의 서정시 중에서도 소위 '사랑노래'love lyrics 전통의 물굽이를 끊임없이 계승해온, 그럼으로써 오늘날의 서정시에 가장 큰 영향력을 끼쳐 주었다는 사실에 특별한 이론異論의 여지가 있을 리 없다.

가장 서정적인 특질을 함유하고 있는 오늘날의 연시戀詩……. 사람과 사람의 관계에서 특히 사랑이 이루어지지 못해 그리움에 사무치는 감정을 표백하지 않으면 안 되는 단독자적 고독의 시. 형언할 수 없이 인간 현존을 불안케 하는 요인에 맞선, 그 순수한 영혼의 넋두리. 이미지와 기교와 지적 조작이 필요하지 않는 직정直情의 시. 그러면서도 정작 정서의 절제가 필요한 시…….

20세기 형식주의자들은 현대시의 이상이 복합적인 의미의 다층구조에 있음을 공공연히 밝힌 바 있다. 시를 복잡하게 구조화된 의미라고 정의한 유리 로토만의 말을 굳이 인용하지 않는다 해도 말이다. 이러한 사실 때문에 우리 시단의 일각에선 연시를 우습게 보는 경향이 없지 않다. 물론 연시 중의 일부는 상업주의에 의해 포장된 경우가 더러 있었기도 하다. 그러나, 연시는 서정시의 본래면목에 가장 가깝게 근접한 시이다. 복합적인 의미의 다층구조를 지향하는 시가 아니라 단순명쾌한 시심詩心 속에서 약동하는 시. 누구의 표현마따나 '잘 만들어진' well wrought 가구가 아닌, 이를테면 인공적으로 가공하지 않고서도 자연적인 원목을 통해 하나의 형상을 빚어내는 정서의 엮음새인 것이다.

주지하듯이, 시인 김지향金芝鄕은 다산의 시인이다. 그의 왕성한 시작 활동 가운데서 정선한 연시를 읽는다는 것이 독자로선 사뭇 의미있는 읽기가 될 것이다.

김지향의 연시에 있어서의 사랑의 색조와 정조情調는 많은 부분에 걸쳐 신앙적인 파토스와 연결되어 있지만 그것이 남녀 간의 일상적인 연애감정으로 극화되어 있는 것도 사실이다. 시 작품을 통해 시인의, 사랑에 관한 견해를 살펴 볼 수 있는데 비교적 구체적인 명징성을 획득하고 있는 부분을 인용하자면 다음과 같다.

실은 사랑이 슬픔 속에 자라지만
기쁨 속에 자란다고 진술한다
실은 사랑이 아픔 속에 끝나지만
새 기쁨을 싹 틔운다고 자술한다
사랑의 끝남은 미움이지만

실은 끝남이 없는 아름다움이라고
사랑은 사랑은 끝없이 자백한다.

「사랑 그 낡지 않은 이름에게」에서

이 시는 「사랑 그 낡지 않은 이름에게」의 마지막 부분에
해당한다. 여기에서 시인의 사랑관이 이상주의에 입각해
있음을 확인할 수 있다. 사랑의 현실태에 존재하는 것이 슬
픔·아픔·미움이지만, 그럼에도 불구하고 사랑의 가능태
에 기쁨과 신생의 감정과 이 세상에 편만하는 불멸의 아름
다움이 수반될 수 있다는 것이다.

사랑은 관계를 중시할 때 비로소 가능성을 얻는다.

동성애도 마다하지 않았던 희랍문화권에서는 연인관계
를 중시했고, 법과 제도에 있어서 실용적인 능력을 발휘한
로마제국 중심의 문화권에서는 부부관계를 중시했고, 그
밖에 유교문화권에서는 부모자녀지간의 관계를, 힌두문화
권에서는 사제지간을, 유일신을 숭배하는 종교권에서 신인
관계를 각각 중시했다. 시인 김지향에게 있어서도 사랑이
어떠한 형태로든 관계를 중시함으로써 구현될 수 있다는
사실을 암시하고 있다. 그렇기 때문에 사랑은 신뢰의 회복
에 귀결되는 것이다. 그의 연작시 「사랑 만들기·24」에서
는 이 점이 잘 반영되어 있다.

우리 믿음은 바로 사랑이므로

쓰러진 갈꽃은
기쁨이란 이름으로 일어나고
일어나고 또 일어나
이 가을 갈밭은
넘치는 사랑의 강이 되어 펄럭인다

「사랑 만들기 · 24」에서

이때 사랑은 충일성을 지닌다. 신뢰를 회복한다는 것은
현실의 부재를 가득히 채우는 것이다. 따라서 사랑이란, 텅
빈 가슴에 그득히 숨차 오르는 것이리라.

때문에, 김지향의 연시에는 불연속적인 현실로부터 하나
의 연속성을 기약하고 또한 가능케 하는 이상적인 중재자
의 이미지로서 '바람'을 무척 선호하고 있다. 바람은 알다
시피 어떠한 비좁은 틈새라도 공기의 흐름에 따라 가득 채
우는 속성을 지니고 있다. 진공의 현실마저 무언가를 충만
케 하는 것이 바로 바람인 것이다. 가을 들녘의 갈밭이, 넘
치는 사랑의 강처럼 펄럭이는 그런 바람인 것이다.

바람의 전통적인 표의라면 대체로 정신의 자유로움이나
생에 있어서의 열려진 열광적인 감정 등을 가리킬 것이다.
바람은 어쩔 수 없이 개방된 세계관을 지향하지 않을 수 없
다. 말을 바꾸면, 사랑 역시 바람의 이미지에 편승할 때 폐
쇄의 세계로부터 개방의 세계로 확산하고자 한다. 흔히 인
간사에서 오만하고 편협한 사람에게 사랑의 감정을 씨알조

차 발견할 수 없는 것도 이 때문일 것이다. 사랑은 그러므
로 상당한 용기의 소산이며 자기를 부단히 쇄신하려는 노
력의 과정에서 얻을 수 있는 것이다.

　호미에 하루가 닳은
　그러나 풀냄새를 감고오는 그대
　즈믄 하늘을 건너가는 바람은
　가기전에
　가벼운 구름을 두르고
　그대 목을 휘감는다
　(아, 이 地上지상의 가장 따스한 사랑)
　어디서 꽃잎 하나가 뚝 떨어지는
　저녁, 그러나
　그대 품에 들어가
　그대 품에서 되살아나는 꽃잎을
　강을 흔드는 물소리를 타고 나와
　공중에서 물방울을 뜯어가며
　저희들끼리 가는 물제비떼가
　내려다 본다
　그리고 세상은 하늘을 열고 나서는 저녁비로
　다시 풀냄새를 연다.

「戀歌·2」에서

닫힌 세상을 열게 하는 바람. 그래서 사랑은 사람과 사람의 관계를 엮는 힘의 원천, 혼의 숨결, 생명력의 시원으로 인지되어 왔다. 과거의 많은 서정시인들이 사랑노래를 바람에 부치게 되었던 것도 이 때문일 것이다.

물질적 상상력의 기본 요소에 해당하는 '지수화풍' 가운데서도 바람은 무형의 자연물에 불과하다. 눈으로 볼 수 없으며, 손으로 만질 수 없으며, 후각으로써 느낄 수도 없다. 그럼에도 불구하고 김지향은 바람을 감지하려고 든다. 때문에 그의 연시에 반영된 바람의 이미지는 물질적 상상력의 질료 가운데서도 무형적인 대상에 지나지 않는 것을 통해 자유로운 현존성現存性에 대해 민감한 자각을 촉발시키기에 충분하다.

가스통 바슐라르에 의하면 바람은 부드러운 것인 동시에 난폭한 것이다. 시에 있어서의 산들바람이란, 환기나 정신의 고취나 의식의 풍요로움 등속과 관련된 바람의 부드러운 이미지라고 할 수 있다. 예컨대, 한 시인이, 저 들판을 물결치게 하는, 그대의 부드러운 숨결……이라고 노래했다고 하자. 이때의 바람은 매우 유연한 연성軟性을 지니고 있다고 할 것이다. 그러나 폭풍우는 시인으로 하여금 질풍노도적인 감정의 늪에 휘말리게 하거나 비이성적인 광란에 빠지게 한다. 폴 발레리의 유명한 경구 "바람이 분다, 살아봐야겠다!"와 같은 것이 여기에 해당될 것이다. 그러나 바람이 다른 이미지와 결합될 때 부드러움과 난폭성, 활기의 고취와 파괴적인 특성이 잘 종합되어 구현되곤 한다. 저 셸리의 「西風賦서풍부」가 대표적인 사례라고 바슐라르가 일찍이 적시한 바 있다.

오, 황량한 서풍이여.
유령들을 홀리게 하는 자여,
오, 파괴자 그리고 활기를 불어 넣는 자여.
…… 나도 격렬한 바람이고 싶구나.

바람의 두 속성, 즉 연성과 강성을 잘 조화롭게 아우른 대표적인 시라고 할 수 있다. 주의깊게 살펴 본다면, 여기에 바람에 대해 불의 이미지가 가세되어 있음을 확인할 수 있는 시이다. 이러한 경우가 김지향의 시에서도 찾을 수 있음은 물론이다. 바람과 불의 복합적인 이미지를 제시하면서 부드러움과 난폭성, 활기와 격정 등의 혼재된 세계를 드러낸 시 한 편을 인용하고자 한다.

가을 바람은
불씨를 갖고 있다
바람이 건드리는 풀잎마다
불이 켜지고
풀잎을 따는 가슴마다
불에 덴다

가을 바람은 머리가 없고
가슴만 돋아져 있어
가을 가슴에 우리 가슴이 얹힐 때
우리는 없어져 버린다
세상은 온통 불덩이로 떠오르고.

「가을 바람」 전문

　일쑤 연시가 가질 수 있는 단조로운 진술양식을 벗어나
있다는 점에서 이 시는 연시로서는 이례적으로 주목에 값
하는 작품이다. 바람과 불의 복합적인 이미지를 빚어낼 수
있는 시적 역량도 역량이겠거니와 무엇보다도 사랑을 얘기
하되 시속의 풍조에 영합하지 않고 열정을 얘기하되 정서
의 과잉에 빠지지 아니한 것은 여간 예사롭지가 않다. 사견
이 허용된다면 시편 「가을 바람」은 김지향 연시 중에서도
압권이 아닌가 한다. 이 작품 한 편을 통해 연시의 진면목
을 확인할 수 있을 것이다. 독자들이 결코 놓칠 수 없는 한
편의 주옥같은 시라고 간주해도 좋으리라. *

바람이 돌아온다

초판인쇄 · 1998년 3월 2일
초판발행 · 1998년 3월 9일

지은이 · 김지향
펴낸이 · 최정헌
펴낸곳 · 좋은날
주소 · 서울시 서대문구 충정로 3가 8-5호 동아 아트 1층
전화번호 · 392-2588~9
팩시밀리 · 313-0104

등록일자 · 1995년 12월 9일
등록번호 · 제 13-444호